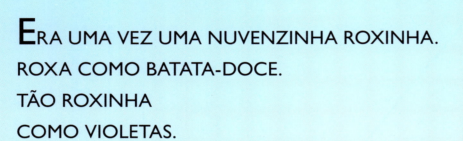

Era uma vez uma nuvenzinha roxinha.
Roxa como batata-doce.
Tão roxinha
como violetas.

Essa nuvenzinha,
diferente das que vemos lá no céu,
não é feita do vapor,
e sim do mau humor!

Vamos passar um dia com ela para entender
o que essa nuvem faz para aparecer.
 Quem a deixa crescer?
  Com quem ela consegue permanecer?
E finalmente...
O que fazer para ela desaparecer?

A nuvenzinha roxa adora pousar na cabeça das pessoas.
Mas não pousa em qualquer um, não!
Só naqueles que estão sob uma forte emoção: raiva, agressividade ou frustração.

O DIA DELA COMEÇA ASSIM: ELA ACORDA BEM PEQUENININHA E SAI PROCURANDO ALGUÉM QUE A FAÇA AUMENTAR.

CERTO DIA, ELA RESOLVEU PASSEAR NO BAIRRO DO LIMOEIRO, ONDE MORA UMA TURMINHA MUITO ANIMADA.

"COM CERTEZA, COM UM POUCO DE SORTE, VOU ENCONTRAR ALGUÉM PARA SER A MINHA COMPANHIA!" – PENSOU ELA.

LOGO NA PRIMEIRA ESQUINA, A NUVENZINHA AVISTOU O CEBOLINHA.

ELE ESTAVA FURIOSO COM O LINGUARUDO DO CASCÃO. PARA VARIAR, O AMIGO TINHA ESTRAGADO UM DE SEUS PLANOS INFALÍVEIS CONTRA A MÔNICA.

Quando a Mônica descobriu que seu coelhinho estava todo sujo e com as orelhas amarradas, ficou muito, muito brava! E distribuiu coelhadas para todos os lados.

– MAIS UM PLANO **FLACASSADO!** BUÁ! BUÁ! – CHOROU O MENINO SEM PARAR.

TODA VEZ QUE O CEBOLINHA SE ENCONTRA NUMA SITUAÇÃO PARECIDA, ELE REAGE DESSA MANEIRA.

A NUVENZINHA POUSOU NO MAIS ALTO FIO DE CABELO DO GAROTO E LOGO FICOU CHEIA COM AQUELE BERREIRO TODO.

XAVECO OUVIU O CHORO ESGOELADO DO AMIGO E VEIO SABER O QUE ESTAVA ACONTECENDO. CEBOLINHA EXPLICOU O QUE HOUVE E DISSE QUE ESTAVA FURIOSO.

– EU NÃO SOU MAIS AMIGO DO CASCÃO! NÓS NUNCA MAIS VAMOS **BLINCAR** JUNTOS. E MUITO MENOS VOU FAZER PLANOS INFALÍVEIS COM ELE. BUÁ! BUÁ!

XAVECO FOI ACALMANDO O AMIGO. AFINAL, A AMIZADE DELE E DO CASCÃO ERA MUITO FORTE. NÃO SERIA UM SIMPLES PLANO QUE ESTRAGARIA TUDO. LEMBROU DE VÁRIOS MOMENTOS ENGRAÇADOS DA DUPLA E, DE REPENTE, CEBOLINHA COMEÇOU A GARGALHAR COM AS LEMBRANÇAS DAS AVENTURAS COM O AMIGO.

A NUVENZINHA, PERCEBENDO QUE CEBOLINHA ESTAVA SE ACALMANDO, RESOLVEU IR EMBORA.

APESAR DE TER CRESCIDO UM POUCO COM O CHORORÔ DO CEBOLINHA, A NUVENZINHA AINDA QUERIA CRESCER. ELA SEMPRE QUERIA MAIS E MAIS. SEU PLANO ERA ESPALHAR VÁRIAS OUTRAS NUVENZINHAS POR AÍ.

Então, subiu um pouco mais alto para enxergar melhor. Não demorou para ver o Cascão, bravo, resmungando pela rua:

– Isso não é justo! O Cebolinha sempre coloca a culpa dos fracassos dos seus planos malucos em mim.

Era sempre assim: quando Cascão se sentia injustiçado, ele ficava com raiva, resmungava e reclamava de tudo.

A NUVENZINHA NÃO TEVE DÚVIDA, POUSOU NA CABEÇA DO CASCÃO. E A CADA RECLAMAÇÃO, ELA FICAVA MUITO MAIOR.

A NUVENZINHA ROXA ADORA QUANDO AS PESSOAS SE DESCONTROLAM E ATÉ QUEBRAM COISAS. ISSO FAZ COM QUE ELA FIQUE BEM FORTE E NÃO DESAPAREÇA COM TANTA FACILIDADE.

Cascão voltou para casa com sua nuvem na cabeça. Seus pais logo perceberam que algo estava errado, porque ele bateu a porta e foi direto para o quarto.

Lá dentro, começou a mexer em todos os brinquedos sem tomar o devido cuidado e deixou tudo bagunçado. Sua mãe foi lá e deu um abraço bem apertado para ele se controlar mais. Depois, perguntou se o filho queria conversar ou preferia ficar sozinho.

Cascão preferiu ficar sozinho e arrumar toda a bagunça que tinha feito. Foi quando percebeu que tinha quebrado seu aviãozinho, presente do Cebolinha. O amigo tinha dado seu brinquedo favorito para o Cascão como prova de amizade.

Aquela lembrança foi desfazendo a raiva e o menino agora só conseguia pensar nos bons momentos da amizade dos dois.

A nuvenzinha mais que depressa saiu do quarto do Cascão. Ali ela não conseguiria mais nada.

A NUVENZINHA JÁ ESTAVA BEM CHEINHA. CONSEGUIU VOAR BEM ALTO, COM MUITA VONTADE DE ENCONTRAR MAIS UMA CABECINHA IRRITADA.

LÁ DE CIMA AVISTOU A MÔNICA SOLTANDO FUMAÇA PELA CABEÇA, DE TÃO BRAVA QUE ESTAVA. O MOTIVO? O ESTADO EM QUE SEU COELHINHO FICOU.

A NUVEM POUSOU NA MÔNICA E IMEDIATAMENTE COMEÇARAM A SAIR RAIOS.

TODA SATISFEITA, A NUVENZINHA SABIA QUE ALI ENCONTRARIA MUITA ENERGIA PARA PERMANECER GRANDONA.

PORÉM, NÃO ERA BEM ASSIM.

TODOS SABEM QUE A MÔNICA TEM UM GÊNIO FORTE, EXPLODE COM FACILIDADE, MAS NÃO É DE GUARDAR RANCOR.

Na mesma hora, a nuvenzinha começou a perder seus raios.

"Ah, não! Vou procurar outra vítima" – pensou ela.

A nuvem murchava rápido quando ficava tudo tranquilo, então precisava encontrar logo alguém com raiva.

Lá fora, ela ouviu uma grande explosão e foi procurar de onde vinha tanta fumaça. Descobriu que o barulho e a fumaça vinham do laboratório do Franjinha.

Chegando lá, viu o cientista da turminha todo chamuscado e com um mau humor daqueles.

– Eu estava trabalhando nesta experiência há um tempão. E agora... perdi tudo! – o menino estava com muita raiva.

A NUVEM POUSOU NA FRANJA DO FRANJINHA E COMEÇOU A INFLAR.

QUANDO O CIENTISTA FICAVA BRAVO E DESAPONTADO, ELE PERMANECIA QUIETO NUM CANTO E COMEÇAVA A PENSAR, PENSAR, PENSAR. ELE QUERIA DESCOBRIR POR QUE SUA EXPERIÊNCIA NÃO TINHA DADO CERTO.

FICOU ASSIM POR UM LONGO TEMPO... E A NUVEM LÁ SE APROVEITANDO.

BIDU, QUE NÃO GOSTAVA NADA DE VER SEU AMIGO BRAVO E TRISTE, FEZ DE TUDO PARA ANIMAR SEU DONO. E FICOU PUXANDO FRANJINHA, PARA O MENINO VER O QUE TINHA ACONTECIDO.

FRANJINHA FOI COM BIDU ATÉ A JANELA. OLHOU AS PLANTAS DA JARDINEIRA DE SUA MÃE E DESCOBRIU QUE AQUELA EXPLOSÃO TINHA REVELADO UMA IMPORTANTE DESCOBERTA.

— Eureca! – gritou ele. – Descobri como transformar flores murchas e secas em flores novas e coloridas!

Franjinha ficou tão feliz, mas tão feliz, que o efeito na nuvem foi instantâneo: ela ficou bem fraquinha. Afinal, ela detestava a calma e a felicidade.

A NUVENZINHA NÃO GOSTOU NADA DAQUELA ALEGRIA TODA DO FRANJINHA. SAIU DO LABORATÓRIO E OUVIU UM GRITO ESTRANHO. ERA A MAGALI. AO ABRIR A GELADEIRA, PERCEBEU QUE ALGUÉM TINHA COMIDO O ÚLTIMO PEDAÇO DE MELANCIA.

— OBA! — DISSE A NUVEM. — ESTA MENINA TEM FAMA DE GULOSA, VAI FICAR FURIOSA POR UM BOM TEMPO.

Mas a nuvenzinha não conhecia a menina tão bem quanto imaginava.

Um minuto depois, Magali viu em cima da mesa um bolo de chocolate quentinho que tinha acabado de sair do forno.

Bom, não precisa nem ser um gênio para saber que foi muito fácil esquecer a melancia. A menina comeu todo o bolo, cada pedacinho, sem deixar nenhuma migalha.

Aquela calmaria e satisfação toda da casa da Magali não era nada boa. A nuvenzinha foi murchando, murchando... ficou desesperada e resolveu sair de lá.

"Vou embora daqui agora mesmo, antes que eu desapareça de vez!" – pensou ela.

Foi direto para a pracinha, que estava vazia.

"E agora?" – pensou a Nuvenzinha. "Não tem ninguém aqui. Só esse menino feliz e tranquilo sobrevoando as árvores."

Era o Anjinho, que procurava alguém para brincar. A turminha costumava se encontrar no fim da tarde naquele lugar.

— O QUE SERÁ QUE ACONTECEU COM A TURMA? CADÊ TODO MUNDO? – INDAGOU ANJINHO.

MAS, ANTES QUE ALGUÉM PUDESSE RESPONDER, APARECEU CASCÃO COM O AVIÃOZINHO JÁ CONSERTADO QUE TINHA GANHADO DO CEBOLINHA.

E LOGO APARECEU, TAMBÉM, JUSTAMENTE O CEBOLINHA. CASCÃO TRATOU LOGO DE PEDIR DESCULPAS AO AMIGO:

– EU NÃO QUERIA ESTRAGAR O SEU PLANO DE NOVO.

CEBOLINHA ACEITOU O PEDIDO DE DESCULPAS NA MESMA HORA E COMPLETOU:

– O PLANO NEM **ELA** TÃO BOM ASSIM...

Os amigos se abraçaram e foram brincar com o aviãozinho. Anjinho também quis brincar com eles.

A nuvem foi murchando e atrás dela começou a aparecer um lindo arco-íris.

Logo em seguida chegaram as meninas: Mônica, Magali e Dorinha. Elas estavam muito animadas.

Cebolinha e Cascão pediram desculpas para a amiga por terem sujado o Sansão. Mônica também admitiu que se excedeu um pouquinho com as coelhadas.

A nuvem ficou pequenininha e o arco-íris, mais forte e bonito.

Franjinha e Bidu também apareceram, eufóricos. O menino foi logo contando a descoberta.

– ... E assim, as flores, que estavam secas e murchas, ficaram novinhas em folha!

E, claro, a turma toda ficou muito feliz por ele!

Naquele dia, a nuvenzinha não teve mais chance e desapareceu por completo.

O ARCO-ÍRIS PÔDE BRILHAR TRIUNFANTE NO CÉU NAQUELE FIM DE TARDE, ASSIM COMO OS BONS SENTIMENTOS COMPARTILHADOS E TANTOS OUTROS SENTIMENTOS QUE FAZEM ESPANTAR AS NUVENS ROXAS QUE INSISTEM EM APARECER.

Amor   Respeito   Amizade   Solidariedade

Foto: Lailson dos Santos

Foto: Jana Teofilo

Mauricio de Sousa nasceu em 27 de outubro de 1935, numa família de poetas e contadores de histórias, em Santa Isabel, no interior de São Paulo.

Ainda criança, mudou-se para Mogi das Cruzes, onde descobriu sua paixão pelo desenho e começou a criar os primeiros personagens. Com 19 anos, foi para São Paulo tentar trabalhar como ilustrador na *Folha da Manhã* (hoje *Folha de S.Paulo*). Conseguiu apenas uma vaga de repórter policial.

Em 1959, publicou sua primeira tira diária, com as aventuras do garoto Franjinha e do seu cãozinho Bidu. As tiras de Mauricio de Sousa espalharam-se por jornais de todo o país, levando-o a montar um estúdio que hoje dá vida a mais de trezentos personagens.

Em 1970, lançou a revista *Mônica* e, em 1971, recebeu o mais importante prêmio do mundo dos quadrinhos, o troféu Yellow Kid, em Lucca, na Itália. Seguindo o sucesso de Mônica, outros personagens também ganharam suas próprias revistas, que já passaram pelas editoras Abril e Globo e atualmente estão na Panini. Dos quadrinhos, eles foram para o teatro, o cinema, a televisão, a internet, parques temáticos e até para exposições de arte.

Paula Furtado é formada em Pedagogia pela Pontifícia Universidade Católica de São Paulo.

É psicopedagoga e arteterapeuta pelo Instituto Sedes Sapientiae e especialista em Neuropsicopedagogia e Contos Infantis.

No mundo editorial, é escritora infantojuvenil com dezenas de livros publicados e coautora em diferentes antologias para diversas editoras. Divide sua paixão fazendo contação de histórias para o público infantil.

Atuou como professora de Educação Infantil e Ensino Fundamental na rede particular de ensino.

Também é responsável pela criação e patente de diversos jogos pedagógicos, como Desafio, Desafio Folclore, Ligue 4 da letra R, Detetive de Palavras, entre outros.

Além disso, é assessora pedagógica em escolas da rede pública e particular e trabalha em consultório particular com crianças e adolescentes com dificuldades de aprendizagem.

Saiba mais em www.paulafurtado.com.br.